La princesa de los duendes

¡Lee todas las aventuras del DIARIO DE UN UNICORNIO!

Diario de un unicornio

La princesa de los duendes

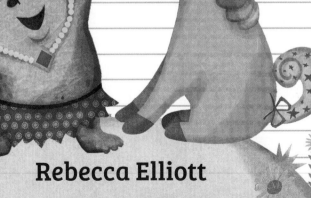

Rebecca Elliott

BRANCHES

SCHOLASTIC INC.

Para Frida, mi princesita malcriada. — R.E.

Un agradecimiento especial a Kyle Reed
por sus aportes a este libro.

Originally published as *Unicorn Diaries #4: The Goblin Princess*

ISBN 978-1-338-87412-9

10 9 8 7 6 5 4 3 2 1   23 24 25 26 27

Printed in China 62

First Spanish printing, 2023

Book design by Marissa Asuncion and Christian Zelaya

Contenido

1
Otra semana mágica

Domingo

Bueno, Diario, ¡choca los cascos! Te espera otra semana maravillosa y soleada en el Bosque Destellos con tu unicornio favorito... ¡yo!

Mi nombre es Arcoíris Colarradiante, (aunque puedes llamarme Iris).

Aquí te va un mapa del Bosque Destellos para que no te pierdas.

Cascadas de Arcoíris

Cuevas de los Troles

Claro de Luz

Escuela para Unicornios del Bosque Destellos

Nidos de Dragones

Pradera de los Capullos Florecidos

Monte Blancura

Unicápsulas

Aldea de las
Hadas

Laguna de los
Reflejos

Castillo
de los
Duendes

Muchas criaturas mágicas viven aquí...

¡Como los duendes! Aquí tienes cuatro datos divertidos sobre ellos:

Los duendes tienen mucha fuerza.

Solo comen magdalenas.

Tienen una reina que vive en un castillo y gobierna el bosque.

La reina de los duendes tiene poderes mágicos. Puede volar y hacer que los demás hagan lo que ella les pide. (Pero solo utiliza los poderes para hacer el bien).

La reina de los duendes se llama Junípera. ¡Todos en el bosque la adoran! Algún día su hija se convertirá en reina.

La princesa Greta

Pero basta de hablar de los duendes. ¡Yo soy un unicornio!

El cuerno
Sirve para rascarnos.

El cuerpo
¡Brilla cuando nos ponemos nerviosos!

La boca
¡Produce ronquidos musicales!

La cola
Al moverla se activa nuestro Poder de Unicornio. ¡También nos sirve de abanico cuando hace calor!

Aquí te van algunos **UNIDATOS** sobre los unicornios:

Cada uno tiene un poder diferente. Yo soy un Unicornio Complaciente.

¡Puedo conceder un deseo por semana!

¡El sol brilla más de lo normal cuando estamos contentos!

Vivimos en **UNICÁPSULAS**.

No nos gusta que se nos enrede la melena.

Vivo en la Escuela para Unicornios del Bosque Destellos (E.U.B.D.) con mis amigos.

Este es Jocoso, mi MEJOR amigo. ¡Puede hacerse invisible!

Jocoso Arándano

Unicornio Transparente

Aquí estoy con mis amigos y nuestro maestro:

¡Aprende sobre los poderes de los otros unicornios!

Nuez Moscada Plateada

Unicornio Volador

Escarlata Almibarada

Unicornio Chirimbolo

Jacinto Zafiro

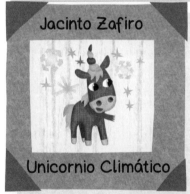

Unicornio Climático

Matías Relleno

Unicornio Cambiatamaño

Pippa Floresta

Unicornio Sanador

Sr. Titilo

Unicornio Transformador

El Sr. Titilo nos enseña materias
BRILLANTÁSTICAS en la escuela, como:

DOMINIO DEL
UNIBALÓN

CÓMO OBSERVAR
LAS ESTRELLAS

HISTORIA DEL
BOSQUE DESTELLOS

ESTILISMO DE
MELENA Y COLA

Cada semana aprendemos o tratamos de hacer algo nuevo. Cuando lo conseguimos, ¡el Sr. Titilo nos da a cada uno una insignia especial! Después la cosemos a nuestras lindas mantas.

¡Estoy ansioso por saber cuál será la insignia que el Sr. Titilo nos asignará esta semana!

2

Imagínate

Lunes

Nos levantamos listos para empezar la semana. Queríamos jugar antes de comenzar las clases, pero NO podíamos ponernos de acuerdo a qué jugar.

¡Juguemos unibalón!

No. Juguemos a saltar la cuerda.

Así estuvimos un BUEN rato... ¡hasta que un topo pequeñito empezó a hablar!

¡No nos ponemos de acuerdo porque a todos nos gusta jugar juegos _diferentes_!

Algunas veces para resolver un problema hace falta usar la imaginación. ¿Qué tal si inventan un _nuevo_ juego que les guste a todos?

Nos pusimos a conversar, ¡y se nos ocurrió el mejor juego de la historia!

El nuevo juego le dio al Sr. Titilo una gran idea para la insignia de esta semana.

¡Creo que ha llegado la hora de que se ganen la insignia de la IMAGINACIÓN!

Esta semana tendrán que usar su imaginación para resolver problemas en el bosque.

El Sr. Titilo nos dijo que trabajáramos en parejas. (¡Jocoso y yo enseguida enlazamos los cascos!). Después todos salimos a resolver problemas.

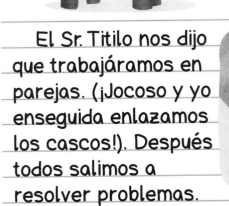

3

Un deseo malicioso

Jocoso y yo trotamos en busca de criaturas mágicas que necesitaran ayuda.

Iris, tú tienes una gran imaginación.

¡Gracias, Jocoso! ¡Tú también! ¡Nos será fácil ganarnos la insignia de esta semana!

Pero no nos encontramos con
CUALQUIER criatura mágica, ¡sino con la
princesa de los duendes!

Le susurré a Jocoso.

Si usamos la imaginación para resolver el problema de la princesa, ¡nos ganaremos la insignia!

¡Claro!

¡Síganos!

Trotamos hasta el árbol más alto.

No se nos ocurría nada más. Entonces le preguntamos <u>por qué</u> quería volar.

Paso todo el día aburrida en el castillo. Si tuviera los poderes mágicos de la reina, podría volar y hacer que la gente hiciera lo que yo dijera. ¡NUNCA me aburriría!

Bueno, algún día será reina.

¡Quiero ser reina ahora! Quiero volar HOY MISMO.

Jocoso y yo nos miramos. Ambos tuvimos la misma idea...

¡Podrías concederle a Greta el deseo de ser reina por un día! ¡Así podría volar!

¡Eso mismo pensé! Además, usaremos la imaginación, lo que nos permitirá ganarnos la insignia de esta semana, ¿no crees?

¡Sí!

Le contamos a Greta nuestro plan.

Iris le concederá el deseo de ser reina, ¡pero solo por UN DÍA!

Oh, ¡gracias!

Greta pidió su deseo y... **¡SUISS!** Una
corona apareció en su cabeza.

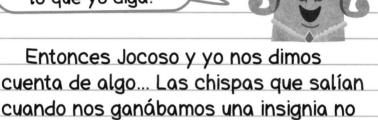

¡Hurra! ¡Soy la reina!
¡Ahora TODOS harán
lo que yo diga!

Entonces Jocoso y yo nos dimos
cuenta de algo... Las chispas que salían
cuando nos ganábamos una insignia no
aparecieron esta vez.

Ay, no. Quizás no
hayamos resuelto
ningún problema.

En ese momento, la VERDADERA reina se nos acercó apresurada.

¡Su Majestad!

Ya no... ¡mi corona ha desaparecido! ¿<u>Qué</u> han hecho con ella?

Bueno, Greta estaba aburrida y quería volar. Así que... la hicimos reina.

¡Solo por un día!

Hola, mamá. ¡Voy a hacer que el bosque sea MUCHO más emocionante!

Greta, ¡ser reina no es ningún juego!

Más vale que no pierdan de vista ni a Greta ni al Bosque Destellos. ¡Espero que mi hija no cause muchos problemas durante las próximas veinticuatro horas!

Sí, Su Majestad.

Ahora volaré al castillo en caso de que ella vaya hacia allá.

Lo sentimos, pero hoy no podrá volar.

Porque ya no es la reina...

Ay, lo olvidé.

Pasamos horas buscando a Greta, pero se nos hizo tarde.

Cuando nos acostamos en nuestras nubecillas ya todos estaban dormidos.

No podrá causar muchos problemas durante la noche. ¿No es cierto, Diario?

La reina traviesa

Miércoles

Esta mañana todos tenían muchas ganas de continuar trabajando en sus proyectos.

Pippa y Matías nos contaron el problema que intentaban resolver.

¡Humo cumple 300 años este viernes! Los otros dragones quieren regalarle un pastel con velitas para que sople.

El problema está en que los dragones soplan fuego, ¡y va a incendiar el pastel!

Escarlata, Jacinto y Nuez Moscada también nos contaron sobre el proyecto que tenían entre manos.

Las hadas viven en casitas hechas con hongos. Como este verano hace mucho calor, los hongos necesitan más agua. Así que ellas se la pasan yendo al río.

Se les cansan las alas de tanto volar.

¡Jocoso y yo nos fuimos antes de que nos preguntaran acerca de nuestro proyecto!

Nos pasamos todo el día trotando en busca de Greta, pero no la encontramos por ninguna parte.

¡Entonces vimos fuegos artificiales!

¡Rayos chispeantes!

Los dragones lanzan fuegos artificiales. Deben de estar celebrando una fiesta.

Pero los dragones solo lanzan fuegos artificiales en las grandes fiestas de la realeza.

¡¿De la REALEZA?! ¡Apuesto a que la princesa está metida en este asunto!

¡Sigamos los fuegos artificiales!

Por el camino nos encontramos con Pippa y Matías. Parecían preocupados.

Escarlata, Jacinto y Nuez Moscada aparecieron en ese momento. También lucían preocupados.

Bueno, encontramos una manera de que el agua del río llegue a la aldea de las hadas cavando una zanja con los cuernos, pero ENTONCES...

Déjenme adivinar, ¿la princesa de los duendes?

¡Así es! Les ordenó a las hadas que cantaran. ¡Ahora tienen las gargantas irritadas de tanto cantar, pero Greta no les permite parar!

Tampoco queda agua en el río porque los dragones se la han tomado toda. ¡Ahora <u>nadie</u> tiene suficiente agua!

¡Greta se ha pasado el día molestando a <u>todas</u> las criaturas del bosque! Les ordenó a los troles que hicieran malabares con piedras y obligó a las sirenas a hacer piruetas... ¡sin agua!

¡Ahora todo el bosque está en PROBLEMAS!

Me sentí FATAL, y por la cara de Jocoso supe que él se sentía igual.

Teníamos que contarles a nuestros amigos lo que habíamos hecho...

Justo en ese momento cesaron los fuegos artificiales.

Primero fuimos a ver a las criaturas mágicas. Todas estaban <u>tan</u> cansadas que se habían quedado dormidas.

Nosotros también estábamos cansados.

Vamos a dormir. Mañana ayudaremos a todos.

Buena idea.

Diario, causé muchos problemas al conceder el deseo de Greta, pero si trabajamos juntos podemos arreglarlo todo... ¿cierto?

El bosque nos necesita

Jueves

Nos levantamos temprano. ¡Teníamos un largo día por delante! Debíamos encontrar la manera de ayudar a todas las criaturas del bosque.

Primero visitamos a los troles. Apenas podían levantar los brazos de hacer tantos malabares.

Matías se hizo gigante para poder hablar con ellos (de ninguna manera lo iban a intimidar). Pippa utilizó su poder sanador para sanarles los brazos.

¡Y así Matías y Pippa se GANARON la insignia de la IMAGINACIÓN!

Luego galopamos hasta la Laguna de los Reflejos, en donde nacen todos los ríos. ¡Estaba vacía!

Jacinto hizo que lloviera para que la laguna se llenara de agua. ¡Y él también se ganó la insignia!

¡CHISPAS!

¡Gracias!

Después visitamos a las hadas.
No podían hablar porque les dolía la
garganta.

Escarlata usó su poder de chirimbolo
para hacerles una poción de limón y
miel. ¡También se ganó la insignia!

Por último visitamos a los dragones.

Nuez Moscada les llevó cubos de
agua. ¡Y también se ganó la insignia!

Mientras nuestros amigos le cantaban "Feliz cumpleaños" a Humo, Jocoso se dio cuenta de que yo seguía preocupado.

Jocoso y yo fuimos hasta el Castillo de los Duendes. Greta estaba afuera.

Nos sentamos a su lado.

De regreso en la **UNICÁPSULA** les contamos a los demás sobre cómo se sentía la princesa.

Nos pusimos a pensar.

¡Y se nos ocurrió el mejor plan de la historia!

¡Me muero de ganas por que llegue el día de mañana!

¡Juguemos!

Viernes

Mis amigos y yo galopamos hasta el Castillo de los Duendes esta mañana.

Bueno, puedo intentarlo.

Jugamos a los superhéroes...

A los astronautas y extraterrestres...

¡A los espías y piratas!

Hasta jugamos a ser reyes y reinas, ¡y fingimos que TODOS vivíamos en el castillo!

Entonces se acercó la VERDADERA reina. Le hicimos una reverencia.

Gracias a todos por animar a mi pequeña princesa y por ayudarla a ver que los poderes de reina traen consigo muchas responsabilidades.

Greta, ¿qué tal si mañana organizo un baile real para ti y tus nuevos amigos?

Tengo una mejor idea... ¡hagamos un baile para celebrar la <u>imaginación</u>! Así no necesitaremos que los dragones lancen fuegos artificiales, ni que las hadas canten ni ninguna otra cosa.

¡Qué idea tan fabulosa!

El baile de la imaginación

7

¡Esta noche tuvimos el baile más **BRILLANTÁSTICO** de TODOS!

¡Pasamos el día planeando juegos para el baile y probándonos nuestros trajes imaginarios!

¡El baile fue divertidísimo! Fingimos estar
en una fiesta <u>muy</u> elegante.

Bailamos al compás de música imaginaria y comimos comida imaginaria. ¡Greta hasta fingió "volar" como si fuera un hada!

¡Greta estaba MUY feliz! Mientras bailábamos, ¡Jocoso y yo nos vimos rodeados de chispas brillantes! ¡Nos habíamos ganado nuestras insignias!

Entonces llegaron dos invitados MUY especiales...

¡La reina Junípera y el Sr. Titilo! Se pusieron a bailar y nos echamos a reír.

Finalmente llegó la hora de recibir nuestras insignias.

¡Esta semana han demostrado que tienen la imaginación más maravillosa, más absurda y más útil del mundo! Estoy orgulloso de entregarles sus insignias.

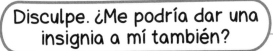

Disculpe. ¿Me podría dar una insignia a mí también?

Bueno, no estoy seguro... ¿Acaso eres un <u>unicornio</u>?

Eso me dio una idea.

¡Un momento!

Con unas hojas tejí el cuerno de un unicornio y se lo di a Greta.

Miren... ¡Soy un unicornio!

Entonces TODOS los unicornios desfilamos delante del Sr. Titilo (y la reina), ¡para recibir nuestras insignias de la IMAGINACIÓN!

¡Festejamos hasta que los **CASCOS** nos comenzaron a doler! Estoy MUY cansado, pero me gustaría seguir festejando.

¡Ya sé! ¡Festejaré en mis sueños! ¡Buenas noches, Diario!

Rebecca Elliott no tendrá un cuerno mágico ni podrá estornudar purpurina, pero aun así tiene mucho en común con un unicornio. Siempre trata de tener una actitud positiva, es risueña y, además, vive con algunas criaturas realmente increíbles: su esposo guitarrista, sus hijos escandalosos y encantadores, su adorable y traviesa perra Frida y un gato gordo y perezoso llamado Bernard. Tiene la oportunidad de pasar el tiempo con estas criaturas divertidas mientras escribe historias para ganarse la vida, ¡por eso piensa que su vida es realmente mágica!

Rebecca es la autora de la novela juvenil PRETTY FUNNY, la serie por capítulos Diario de un Unicornio y la exitosa serie Diario de una Lechuza.

Diario de un unicornio

¿Cuánto sabes acerca de "La princesa de los duendes"?

Los unicornios inventan un juego llamado saltar el unibalón para jugar todos juntos. ¡Inventa tu propio juego combinando varios deportes! Explica en qué consiste con palabras y dibujos.

En el capítulo 3, la reina Junípera descubre que no puede volar. ¿Por qué no puede hacerlo?

Escarlata, Jacinto y Nuez Moscada ayudan a que las hadas tengan agua en sus casas. ¿Por qué las casas de las hadas necesitan agua? Releer la página 34.

Al final del libro, Iris ayuda a Greta a conseguir la insignia de la imaginación. ¿Cómo lo logra? Releer la página 69.

Jocoso e Iris le enseñan a Greta a usar la imaginación para divertirse. ¿Cómo usas tú la imaginación para divertirte? Dibuja algunas de las cosas que te gusta imaginar.